NOTICE SUR LA VIE

DE LA

RÉVÉRENDE MÈRE ABBESSE

Marie de

SAINT-PAUL DU SAINT-SACREMENT

Supérieure du Monastère de Sainte-Claire

A LYON

LYON

IMPRIMERIE VEUVE ROUGIER ET FILS

Grand'Rue de la Guillotière, 28

1871

NOTICE SUR LA VIE

DE LA

RÉVÉRENDE MÈRE ABBESSE

Marie de

SAINT-PAUL DU SAINT-SACREMENT

Supérieure du Monastère de Sainte-Claire

A LYON

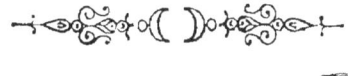

LYON

IMPRIMERIE VEUVE ROUGIER ET FILS

Grand'Rue de la Guillotière, 28

1871

Cette notice sur la Mère Saint-Paul du Très-Saint-Sacrement, ancienne Abesse du Monastère de Sainte Claire, de Lyon, ayant été revue et corrigée avec soin, nous en permettons l'impression.

Lyon, le 14 Octobre, 1871

L. PAGNON.

Un grand nombre de personnes, parents, amis, bienfaiteurs de notre pauvre Monastère, nous ont demandé une notice sur la vie de notre Mère Abbesse, Marie de Saint-Paul du Saint-Sacrement, décédée le 8 août dernier, en emportant tous nos regrets. Nous avons hésité à répondre à leurs vœux, parce que nous aurions désiré trouver une plume plus exercée que la nôtre et qui voulût retracer les mérites et les vertus de cette âme qui nous fut si chère. Nous ne l'avons point trouvée et, comme notre cœur eût trop souffert en frustrant nos respectables amis et les membres de la famille de notre Mère de leur si légitime attente, nous avons essayé d'écrire ces lignes quelles qu'elles soient. Elles sont, d'ailleurs, adressées à des lecteurs dont l'indulgence nous est connue. Tout notre désir est celui de perpétuer la mémoire d'une sainte religieuse qui fut notre guide et notre modèle et à laquelle nous avons voué une éternelle reconnaissance. C'est cette reconnaissance, unie à notre bonne volonté, qui a écrit ces pages. Que notre Mère les agréent et les bénissent du haut des Cieux.

De notre Monastère de Sainte-Claire, Lyon, Septembre 1871.

NOTICE

Mademoiselle Elisabeth Picquet naquit à Grois-
siat, près Nantua (Ain), le 17 février 1807, dernier
rejeton d'une famille généralement aimée et estimée,
son grand-père et son père furent médecins. D'in-
téressants épisodes de sa première jeunesse qui
nous ont été naguère encore racontés, dénotaient,
alors déjà, la maturité de son jugement et la pieuse
tendresse de son cœur. Complètement orpheline à
l'âge de huit ans, elle fut confiée, d'après un
conseil de famille, à un oncle sans enfants, notaire
et marié à Ambronay, qui s'était acquis une haute
considération par les services innombrables rendus
à des concitoyens pendant la Terreur. Celui-ci
jugea à propos de placer sa nièce, à Lyon, dans
une pension séculière située à St-Just; choix au-
quel la famille applaudit. D'un caractère grave et
sérieux formé, en partie, par cette impression d'i-
solement absolu que l'orpheline seule connaît et
qui verse une secrète amertume sur tout ce qui
l'entoure : aimant, par nature, les études les plus
abstraites qui offrent, d'ordinaire, des difficultés
rebutantes à l'esprit d'une jeune fille, Elisa fit,
dès le début, de rapides progrès et se distingua
parmi ses compagnes, sans cependant exciter leur
jalousie : l'amabilité de ses manières, jointe à une

certaine grandeur d'âme et son penchant prononcé pour la paix et la conciliation dans les opinions, savaient se faire pardonner une supériorité marquée. Cependant, la Providence permit que la jeune fille ne jouit jamais entièrement de son triomphe classique; l'air de Lyon contrariant invinciblement sa santé à l'époque des grandes chaleurs, ses deux frères la ramenèrent tous les ans, bien avant la distribution des prix, au foyer paternel où l'attendaient de bien doux souvenirs et de ces intimes épanchements fraternels qui font oublier bien des chagrins. Rendue, à seize ans, définitivement à son oncle et à sa tante, elle fit le charme de leur intérieur et de la société choisie admise dans la famille. Fiers de ses qualités naturelles qui frappaient même les plus indifférents, ses parents adoptifs eussent désiré la produire dans le monde et l'y fixer bientôt; mais, la jeune fille, éprise de la beauté de l'Epoux céleste, avait porté ses vues plus haut. Notre Seigneur réclamait déja ce cœur digne de lui appartenir. Souvent quand, dans les réunions de parents ou d'amis, on voulut interpeller la petite maîtresse du logis, celle-ci avait disparu, et, sa tante allant à la recherche de la fugitive, la trouva à genoux aux pieds de son crucifix, les yeux élevés vers la face adorable du Rédempteur à qui, sans doute, elle promettait une inviolable fidélité. Parvenue à l'âge de dix-neuf ans, elle fit part à ses parents de sa résolution irrévocable de quitter un monde qu'elle n'avait jamais aimé; mais elle rencontra de la résistance, comme elle s'y était attendue, son tuteur exigeant un sursis jusqu'à sa majorité.

Douce et résignée à son sort, elle sut tourner, au profit de son âme, ce temps d'épreuves, en se vouant aux bonnes œuvres, qui sont le premier attrait expansif de la piété. Faire le catéchisme aux enfants délaissés, visiter, vêtir et soigner les pauvres et les malades : tels furent ses heureux passe-temps en attendant l'accomplissement de ses désirs,

Arrivée à ce moment, rien ne put la retenir dans le siècle. Joyeuse et libre comme l'oiseau échappé aux lacets qui le captivaient, elle vint frapper à la porte de notre humble monastère qui ne tarda pas à l'admettre dans son sein ; ce fut le 10 août 1828, jour à jamais béni parmi nous. La supériorité marquée du génie et des grâces infuses dont elle était douée, la firent distinguer immédiatement parmi ses compagnes ; mais son humilité et son amour pour la vie cachée, mirent tout en œuvre pour couvrir d'un voile des qualités qui ne devaient briller de tout leur éclat que dans le temps marqué par la divine Providence.

Après deux ans de noviciat, elle prononça ses vœux perpétuels sous le nom de sœur Marie de St-Paul, le jour de la Fête Dieu 1830, entre les mains de la révérende Mère Colette, alors abbesse, et décédée peu d'années plus tard en odeur de sainteté. C'est ici déjà que se fait jour, à travers l'obscurité dont elle se sent un besoin de s'envelopper, cet attrait suprême de sa vie intérieure, cet amour ardent envers Jésus-Hostie, captif pour nous au St-Tabernacle. Un contrat spirituel de ce printemps de sa vie religieuse, écrit de sa main et signé de son sang, nous fait comprendre la ferveur de cette âme d'élite qui s'était consacrée au Très-Saint-Sacrement. Le voici textuellement.

Contrat indissoluble et sacré.

En présence de la très-sainte et auguste Trinité et à sa plus grande gloire, au pied des sacrés autels et entre les mains de ma révérende Mère abbesse, sœur Marie Colette du Très-Saint-Sacrement, le 23 janvier 1833. J'ai formé les engagements suivants que je veux être à jamais irrévocables, suppliant mon Sauveur Jésus-Emmanuel, caché sous les voiles eucharistiques, de daigner les approuver, les ratifier et leur donner la vertu d'imprimer dans mon âme un caractère ineffaçable.

A cette fin, et malgré mon indignité, je me consacre toute et pour toujours de la manière la plus parfaite et la plus sacrée à l'amour et à la gloire de Jésus-Emmanuel, au Très-Saint-Sacrement, en qualité de *Servante, d'Adoratrice et d'Imitatrice.*

Je remets entièrement et abandonne mes plus chers intérêts à ce Dieu qui s'oublie lui-même pour être tout à l'homme; n'ayant, dès à présent, pour but et pour unique fin que l'honneur et la gloire de mon Jésus-Emmanuel dans son sacrement d'amour; lui plaire, le contenter en toute chose, sera désormais ma seule ambition.

Enfin la gloire de Jésus-Emmanuel au Très-Saint-Sacrement sera *mon bien, mon propre, mes intérêts*, je renonce à tout autre.

Je me consacre aussi, de tout mon pouvoir, à sa

divine et immaculée Mère qui m'a donné ce trésor du Ciel. Je la prends pour mon abbesse, ma bonne Mère, ma Souveraine.

Je m'engage donc, autant que je puis m'engager, sans que la transgression de ce que je promets me rende coupable de péché; cependant, mon Jésus-Emmanuel, punissez-m'en, je vous le demande avec instance; punissez-m'en, mais sans me diminuer votre grâce et votre amour, et que ce châtiment soit tout à votre gloire.

Je choisis pour témoins : saint Joseph, que je choisis pour père et directeur dans les voies spirituelles ;

Mon bon Ange gardien et les neuf chœurs des anges, mes saints fondateurs, mes saints patrons.

Enfin, vous tous les saints, soyez témoins de mon inviolable engagement, et obtenez-moi toutes les grâces nécessaires pour y être fidèle.

(Signé de mon sang).

Sᵣ Marie de St-Paul du T.-S.-Sacrement,
toute dévouée au salut des âmes.

Un tel acte fait deviner le cœur qui l'a dicté et la main supérieure qui l'avait dirigé. Naturellement, tous les actes de la vie privée durent s'en ressentir. (Telle était la force de son attrait que nous la vîmes, dans les actions les plus communes de la vie, se tourner instinctivement vers le Sanctuaire). De pieux excès de mortifications, accordés par la sainte obéissance, mais plutôt admirables qu'imitables aujourd'hui, menacèrent bientôt de détruire une santé assez forte en elle-même. C'est ainsi que son amour envers le Très-Saint-Sacre-

ment la porta à se liguer, avec quelques-unes de
ses compagnes, pour lui former une garde d'honneur qui ne devait jamais le quitter ni le jour, ni
la nuit; elles parvinrent ainsi, à l'insu du reste de
la communauté, à faire des veilles quotidiennes
au-dessus des forces humaines; l'énergie de l'a-
mour divin seul pouvait les soutenir. C'est ainsi
que cette belle âme, dévorée de la soif des souffrances, s'étant imposé la loi de ne jamais rien
donner à la nature, avait composé, avec un mé-
lange de fiel et d'absinthe, une espèce de poudre
desséchée dont elle assaisonnait furtivement toute
sa nourriture. C'est ainsi qu'elle était parvenue à
se fabriquer, en secret, des instruments de péni-
tence qui rappellent ceux de notre glorieuse fon-
datrice. Nous conservons, précieusement, une
espèce d'ostensoir formé de pointes de fil de fer
qu'elle porta constamment sur elle. Innocente et
volontaire victime, vous offrant en holocauste pour
obtenir le pardon des pécheurs, dites-nous de
quelles grâces fut inondée votre âme pendant ces
premières années de ferveur religieuse? Ce sont de
ces secrets que le ciel pénétrait, mais que vous
cachiez à la terre : de rares paroles nous firent
seules présumer, dans la suite, quels doux souvenirs se rattachaient à cette époque de jouissance de
votre vie.

Quelques années plus tard, elle fut nommée
première infirmière, emploi qui procure bien des
consolations au cœur compatissant; mais qui, souvent aussi, mène à sa suite de durs labeurs. Rien
ne lui fit défaut; néanmoins, son éloge vola bientôt
de bouche en bouche; jamais cœur plus aimant et

plus prévenant, jamais sœur plus tendre et plus dévouée. Il semblait que sa présence était devenue tellement indispensable dans cet office de charité que, lorqu'en 1843 elle fut élue maîtresse des novices, de vives réclamations auprès des autorités supérieures la ramenèrent momentanément auprès de ses chères infirmes. Cependant, ce dernier état des choses ne put durer; elle dut bientôt retourner à son petit colombier. Grande fut la joie de ses premières filles spirituelles qui avaient déjà appris à goûter le trésor qu'elles possédaient dans leur guide spécial. Le Seigneur, qui avait de tout temps de grandes vues sur cette âme, permit à cette époque que son humilité fût mise à de rudes épreuves, afin qu'elle sût en pratique montrer aux autres le vrai chemin de la sainteté. Elle les accepta humblement, doucement et sans réplique. Ce n'avait pas été en vain qu'elle avait composé une petite prière qu'elle portait sur elle et qu'elle récitait tous les jours.

« Je vous supplie, ô Jesus-Emmanuel! par le « cœur immaculé de votre Mère, de ne pas me « priver aujourd'hui, à cause de mon indignité et « de mes infidélités, des occasions d'humiliations, « de mépris et de souffrances qui seront dans vo-« tre ordre et à votre plus grande gloire; mais « plutôt, ô le Dieu de mon cœur! tirez du trésor « de votre bonté et de votre miséricorde quelques-« unes de ces grâces de faveur pour purifier mon « âme, la réconforter et l'attacher à vous.

« Amour, honneur et gloire à Jésus-Emmanuel, « au Très-Saint-Sacrement! A lui l'empire éternel « de tuos les cœurs! »

Et, Jésus-Emmanuel, cet attrait de sa vie qui reparaît sous toutes les formes, avait sondé ce cœur qui ne tendait qu'à lui et à sa sainte croix, il l'avait trouvé sincèrement désireux de le suivre : la demande fut acceptée.

Mais il n'est pas donné à tous de marcher par cette voie : notre Mère avait une tâche à part à accomplir.

Au commencement de l'année 1848, l'office de première portière venant à vaquer, on l'en chargea jusqu'au mois de décembre, temps fixé dans les desseins de Dieu pour devenir, pour nous, une époque de bénédictions et l'aurore d'une restauration complète de notre communauté. Ce fut le 17 que notre Mère fut élue abbesse de notre monastère; elle avait, alors, près de 42 ans. Et quelle mère ! sa seule physionomie, qui portait l'empreinte d'une intelligence supérieure et que relevait encore ce regard maternellement doux et bienveillant qui lui était particulier, fascinait les esprits et les cœurs. Une carrière épineuse s'ouvrait devant elle maintenant, elle l'avait compris, et nous nous rappelons cette première époque de sa supériorité avec des sentiments de vénération qui ne s'effaceront jamais. Qui eût vu cette chère Mère, jeune en comparaison du Conseil des anciennes, qui l'entouraient, se faire petite et s'humilier parmi les siennes, couler doucement le long des dortoirs et du cloître, les yeux baissés et roulant les grains de son chapelet entre les doigts, en faisant signe à chacune de nous de l'assister de ses prières, ou se tenant au chœur les bras en croix, et se sentant parfois comme écrasée sous le poids de sa charge, qui

l'eût vue ainsi, dis-je, eût été ému de pitié, et
des larmes de compassion eussent coulé de ses
yeux.

Heureusement, elle cherchait la force là où elle
se puise et où elle ne manqua pas de la trouver. Le
premier de ses soins fut de réunir les cœurs divi-
sés, en quelque sorte, par une situation bien facile
à expliquer. Après la grande révolution, les
membres de plusieurs maisons de notre Saint-
Ordre, ne pouvant rétablir leurs communautés
respectives, demandèrent à être admis dans la
nôtre, c'eût été cruauté de refuser; cependant, la
différence des usages journaliers, adoptés dans
chaque localité, devint naturellement, un achop-
pement pour la paix générale, chacune de ces
excellentes mères ne prisait et n'estimait que ce
qu'elle avait vu faire dans sa jeunesse religieuse;
c'était bien pardonnable, du reste. L'esprit de Dieu
qui animait la nouvelle Mère, sut tout concilier.
Allant de l'une à l'autre pour leur prouver, par
quelque prévenance, une affection toute particulière; les réunissant, souvent, toutes autour d'elle
et les assurant qu'elle les portait toutes dans son
cœur, qu'elle voulait être leur petite servante, selon l'expression de notre Ste-Règle, et non leur
maîtresse, tous les esprits furent forcés de plier.
Ce fut son premier triomphe, justement apprécié,
dont elle n'oublia jamais de remercier le Seigneur.

Par la même raison, indiquée ci-dessus, il était
devenu indispensable de mettre de l'ordre et un
certain ensemble dans les pratiques religieuses,
non indiquées dans la Ste-Règle qui, du reste, était

bien pratiquée. Ce ne fut pas chose bien aisée dans le temps, rien de bon ne s'obtient sans lutte. Nos jeunes qui trouvèrent depuis, en entrant dans notre cloître, nos règlements de piété et nos exercices si bien harmonie avec leurs vues et leurs désirs de perfection et qui en jouissent aujourd'hui avec tant de bonheur et de calme, ne savent pas ce qu'ils coûtèrent de veilles, de prières, et de larmes à cette âme que nous appelions, à si juste titre, notre Mère. On a trouvé, écrite de sa main, l'offrande suivante au Sacré-Cœur de Jésus, pleine des plus généreux sentiments :

« Daignez, ô Sacré-Cœur de Jésus, m'accorder
« vos saintes dispositions dans les contradictions,
« les humiliations et les souffrances. Je vous de-
« mande de tout mon cœur (s'il y va de votre plus
« grande gloire) la grâce de souffrir en aimant,
« pourvu que j'aime toujours en souffrant.

« Je me dévoue à l'humiliation, si tel est votre
« bon plaisir, afin que vous soyez exalté parmi
« nous ; à la contradiction, afin que toutes fassent
« votre volonté et que vous régniez pleinement sur
« nous toutes ; à la souffrance, afin que nous ne
« contristions plus aucunement votre cœur ; aux
« croix de tout genre qu'il vous plaira de m'en-
« voyer, afin que nous soyons toutes l'objet de vos
« complaisances.

« S'il vous faut une victime, et que vous daigniez
« m'agréer pour telle, anéantissez-moi sur la terre
« comme vous y avez été anéanti ; rendez-moi
« participante à tous les états de votre vie mortelle ;
« seulement, mon Dieu, je vous en supplie, par
« tout l'amour de votre cœur, accordez-moi la

« grâce de souffrir comme vous; de ne jamais
« perdre, par les fautes et les imperfections que
« je ferai en souffrant, le mérite de la souffrance ;
« qu'à votre exemple, je n'ouvre jamais la bouche
« pour m'en plaindre et chercher des consolations
« et de l'appui dans les créatures. O mon Dieu !
« ô le Dieu de mon cœur ! ô le cœur de mon Dieu !
« quand sera-ce que je n'aurai jamais que vous
« seul en vue, en amour et en espérance, et que,
« me regardant comme une victime publique, mon
« état invariable soit de me tenir sous le couteau
« de votre main immolatrice pour recevoir tous
« les coups de mort qu'il vous plaira de décharger
« sur moi. Ainsi soit-il.

« Sr MARIE DE ST-PAUL DU T.-S.-SACREMENT. »

Oh! chère Mère, ce n'était pas en vain que de
tels sentiments pénétraient votre cœur : de grandes
choses devaient s'accomplir par vous, mais au prix
de votre immolation entière. Nous en bénissons,
aujourd'hui, le divin Maître ! Vos souffrances ont
porté leurs fruits dans notre chère communauté ;
aujourd'hui vous en recevez la récompense !

Tout, sous sa sage direction, prit de la vie et de
la ferveur. Le culte du Sacré-Cœur, celui de l'Im-
maculée-Conception, celui de saint Joseph, choisi
et fêté comme premier père spirituel et temporel
de la communauté et qui s'est montré grandement
comme tel ; la dévotion aux âmes du Purgatoire,
au Rosaire, au Chemin de la Croix, aux indulgen-
ces; l'invocation à toutes les heures du jour pour
les bienfaiteurs agonisants; l'institution du chant
des Litanies de la Sainte-Vierge aux bénédictions
du samedi pour toutes les personnes qui ont con-

tribué à l'érection de notre chapelle; rien ne fut oublié de ce qui pouvait contribuer à notre bien spirituel et au profit des âmes. Qui porta, plus loin qu'elle, cette ardeur pour la conversion des pécheurs recommandés et pour les intentions de nos bienfaiteurs? Quelle âme dévorée de zèle et de charité! — Quelle fut sa sollicitude pour la récitation de l'office divin, etc. — « Une seule pensée me poursuit, nous disait-elle, c'est de tâcher d'accomplir la parole prophétique de notre vénérable Mère Crysanthe à qui Notre-Seigneur promit un jour, que notre petite communauté serait, avec le temps, le lieu de ses délices : je voudrais voir cette heureuse époque. »

En attendant, il s'agissait de travailler; de graves embarras l'attendaient au dehors; il serait trop long de les énumérer; mais et ces travaux et leurs fruits sont gravés dans notre mémoire en caractère ineffaçables. Ici donc commença cette longue série de souffrances de l'esprit et du cœur, se rapportant à l'avenir temporel de notre communauté. Une vieille maison tombant en ruines, des voisins respectables, menaçant de nous enterrer par une bâtisse qui allait nous surplomber complètement et qui, par conséquent, nous forcerait à quitter notre terrain borné par des rues : telle fut notre triste perspective. Que de tortures alors, que de secrètes pénitences, que de prières et de larmes! Que de fois, en nous levant à minuit, pour aller à matines, nous la trouvâmes encore debout, sa petite lampe à la main, pour nous suivre, la figure empreinte de tristesse et de souffrances; elle avait veillé et prié pour nous, pendant que ses enfants, plus insou-

ciantes et sans doute moins chargées, s'étaient
livrées au calme du sommeil. Oui, elle pria beau-
coup, elle fit prier, elle consulta; puis, ferme dans
sa conviction comme un rocher inébranlable, l'é-
nergie de son caractère triompha avec la grâce
d'En Haut. Des merveilles surprenantes s'opé-
rèrent, sous sa main, dans plusieurs circonstances :
nous ne pûmes que tomber à genoux et remercier
Celui qui agissait par elle; évidemment, il y avait
du surnaturel.

Nous aimions à la suivre, surtout d'un œil
observateur, dans le cours ordinaire de la vie.
Grande par caractère, mais sans éclat; d'une éton-
nante élévation de conception, mais semblant
l'ignorer; tour à tour douce ou sévèrement in-
flexible, selon que l'esprit de Dieu le lui dictait;
aimante par nature, mais repoussant toute dé-
monstration d'affection humaine; tenant extrêmement à l'accomplissement de notre Ste-Règle,
mais sachant l'interpréter, dans l'occasion, avec
une suave largeur, en en pénétrant le sens, qui
donne la vie; cherchant sa force et son unique joie
dans l'exercice de la sainte oraison et de l'union
continuelle avec Dieu; mais sachant subordonner,
sans marque de répugnance, cet attrait premier aux
devoirs multiples de sa charge; d'une égalité d'hu-
meur et d'un abord qui inspirait de la sérénité et
attirait vers elle; aimant et nous faisant chérir la
sainte pauvreté; d'une prévoyance et d'une tendresse inexprimable pour les faibles et les malades;
d'un oubli admirable d'elle-même dans la distribution des choses nécessaires à la vie; tout, enfin,
en elle, plaisait, charmait, édifiait. Ajoutons ce

besoin irrésistible, de donner et de faire des heureux en deçà comme au-delà des murs du cloître, dont chacun se souvient.

Un don particulier qu'elle possédait et que nous regretterons longtemps, ce fût l'art d'approfondir et de diriger les âmes, et ce zèle qui dévore les amis de Dieu, de le voir régner pleinement sur la terre. Notre vénérée mère possédait le secret de gagner les cœurs et de leur communiquer une impulsion énergique vers Dieu. L'école du noviciat, surtout, absorbait ses moments de loisir ; les dimanches et les fêtes trouvaient régulièrement nos jeunes sœurs, pleines de bons désirs, groupées à ses pieds pour écouter, avec avidité, ses leçons sur la vie intérieure et sur les devoirs de la vie religieuse.

Mais touchons, maintenant, à cet attrait suprème de sa vie, à ce rève doré réalisé miraculeusement avant son départ de l'exil. Nous avons vu le désir de l'adoration perpétuelle se former distinctement dès les premières années de sa carrière religieuse, il ne fit que se développer dans la suite. (Un jour elle entendit une voix qui lui dit : « Tu auras ce que tu désires, mais il t'en coutera cher. ») En 1848, pendant les journées d'angoisse, elle fit vœu, avec plusieurs de ses sœurs, de tendre de tout leur pouvoir à obtenir cette faveur de Mgr le Cardinal, si la communauté ne recevait aucun dommage. Ni les circonstances, ni le local n'étant encore propices, force fut de surseoir à ce dessein quelque arrêté qu'il fût. Cependant, notre pieuse Mère n'avait garde de l'oublier. Bientôt, et comme prélude à l'action définitive, elle fit dresser, au chœur, un cadre qui indiquait à chaque religieuse, selon son occupation particulière, un temps fixe pour prier devant le St-Sacrement caché dans le Tabernacle ; toutes se succédaient pendant le jour sans interruption. Peu à peu il nous fut permis d'exposer le St-Sacrement les dimanches et les jeudis ; c'était un acheminement à notre possession complète d'aujourd'hui. Du reste, tout doucement et sans s'en apercevoir, toutes les petites pratiques adoptées pour la journée, convergeaient vers ce but ; partout on lisait, partout on entendait, désormais, cette parole si chère à son cœur : *Adoremus in æternum*, depuis le réveil de la nuit qui nous appelle à Matines, jusqu'au salut fraternel que nous avons l'habitude de nous adresser ; depuis la première prière du matin, jusqu'au chant de la bénédiction du soir, toujours ces mots amenaient comme un rayon de joie céleste sur cette figure bien-aimée. Les malheurs derniers de la patrie furent, contre toute espérance, l'instrument de la bonté divine sur nous. L'ennemi menaçait Lyon, il fut conclu, parmi nous, de le repousser par la même arme dont se servit notre glorieuse Mère Ste Claire à l'approche des Sarrazins. Monseigneur l'Archevêque consentit à laisser exposer le Très-Saint-Sacrement dans notre nouvelle chapelle pendant la durée de la guerre. La paix conclue, il nous eût été trop dur de rétrograder ; après supplication et explication préalable, Sa Grandeur, Mgr Ginoulhiac, accorda, à notre vénérée Mère, la grâce définitive : un acte en règle nous fut adressé. Monsieur le secrétaire vint, au nom de Sa Grandeur, nous en faire part et exposer lui-même, en cérémonie, le divin Captif résidant parmi nous. Ce fut le 19 mars, fête de St-Joseph, jour qui ne sortira pas de notre mémoire. Nous la vîmes, émue et rayonnante, dire à l'envoyé de Monseigneur cette seule parole : « Si je pouvais me jeter à vos genoux pour vous remercier ! » Oui, c'était le jour du triomphe de l'âme ; mais, nous le sentîmes aussitôt, notre Mère allait dire son *Nunc Dimittis !* Tout le reste n'était plus rien pour elle, son œuvre était accomplie.

Il lui fallut, toutefois, avant d'entrer au Ciel, passer par le creuset des plus cruelles souffrances, et ces souffrances avaient leur contre-coup dans nos cœurs d'enfants. Notre mère s'était offerte comme victime expiatoire, rien ne nous étonnait dans la marche des événements. Elle avait enduré des maux incalculables dans sa jeunesse ; un rhumatisme aigu, parcourant toutes les parties de son corps, lui fit subir des tortures atroces jusqu'en 1854, époque à laquelle plusieurs maladies mortelles à la fois, la tinrent pendant plusieurs mois entre la vie et la mort. Son Éminence le cardinal vint la visiter pour lui donner sa bénédiction pastorale et paternelle. Quelle fut son émotion et son trouble de trouver l'Abbesse de Ste-Claire couchée à terre sur un pauvre grabat ! Guérie après quatre-vingts jours, à force de prières, par l'intercession du vénérable curé d'Ars, elle reprit sa pauvre houlette à la satisfaction commune ; il lui restait encore bien des choses à faire, toujours en souffrant, sans perdre jamais son calme et sa gaieté.

L'année 1866 fut, pour nous, un temps de bien triste mémoire. Elle venait de signer un traité pour l'agrandissement forcé de notre terrain, lorsqu'un matin du mois d'avril, elle ne se leva plus : une paralysie foudroyante avait frappé l'épine dorsale et tout le côté droit. Notre consternation fut inexprimable, nous crûmes la perdre immédiatement. Notre R. P. supérieur télégraphia à Rome pour implorer la bénédiction papale *in articulo mortis*.

Cependant, le Seigneur eut pitié de nos larmes : notre chère victime nous fut conservée plus de cinq ans encore; mais dans un état de souffrances continuelles et de privations indicibles. Et c'est pendant ce laps de temps, temps de crucifiement, si nous pouvons le dire, que le bras de la plus grande miséricorde du Seigneur s'est fait sentir à nous; c'est dans cet intervalle que s'est bâtie notre chapelle et se sont préparés nos bâtiments. C'est alors que le divin Maître a pris possession de son trône; c'est pendant ces jours de deuil et d'alarmes que la persécution a voulu plusieurs fois nous arracher à notre cher monastère et qu'une main surnaturelle seule l'a retenue. Notre victime était là, pour prier et pour souffrir; que fallait-il de plus? Elle était notre paratonnerre et le canal des grâces surabondantes et miraculeuses que nous avons reçues. Que de fois, quand soucieuse et inquiète, elle disait au divin Maître, en lui tendant la seule main qui lui restait : « Donnez à vos enfants qui se confient en vous! » Nous vîmes ce que sa présence nous valait.

Sous le poids de ses privations, jamais une plainte ne sortit de sa bouche. Nous qui connaissions, par expérience, l'activité de son caractère, nous sentîmes ce qu'il lui devait coûter de rester

ainsi dans une inaction forcée; quant à elle, elle
ne se permit jamais le plus léger murmure :
« Tout ce qu'il vous plaira, ô mon Dieu, et tant
qu'il vous plaira, » c'était son refrain quotidien.
Quelquefois, seulement, en nous voyant agir dans
les occasions pressées, son doux sourire nous sui-
vait et elle nous disait : « Si vous saviez ce qu'il en
coûte d'être ainsi clouée! » Alors, une larme cou-
lait de ses yeux qui portait l'amertume plus avant
dans nos cœurs. Rien ne fut épargné, ni soins
filials, ni vœux, ni prières : tout fut inutile, nous
devions monter cette dernière station du calvaire,
plus dure, peut-être encore, pour nous que pour
elle; car nous pressentions ce que nous allions
perdre. Le corps s'affaiblissait graduellement, mais
son âme et son cœur prirent un essor plus vigou-
reux encore; elle se fondait en bonté et en affection, si j'ose m'exprimer ainsi, pour toutes ses
filles; jamais nous n'entendîmes un mot de mécon-
tentement. Tout son bonheur consistait à faire ses
heures d'adoration et à faire la sainte Communion
qui lui imposait de dures privations, car il lui coû-
tait extrêmement de se priver de boire la nuit : un
feu intérieur la brûlait.

Et, quand arrivèrent les derniers jours de son
pélerinage ici-bas, l'Epoux divin la trouva prête
avec sa lampe pleine d'huile à la main pour aller
au-devant de lui. Un érysipèle gangréneux nous
l'enleva en quatre jours; elle avait assez travaillé et
souffert pour la Sainte-Eglise, notre saint Père le
Pape et nos chers bienfaiteurs, comme elle le répé-
tait souvent.

Tous les secours et toutes les consolations de

notre mère la Sainte-Eglise lui furent largement
prodigués, tout en tâchant de nous faire mutuelle-
ment illusion, pour calmer nos craintes et notre
chagrin. C'est à peine si chacune de nous eut la
force de se jeter à ses genoux pour demander à
cette Mère bien-aimée une dernière et solennelle
bénédiction : il nous semble sentir encore, sur nos
fronts, cette main déjà glacée par l'agonie. Ses derniers moments furent tranquilles et sereins comme
ceux du juste.

O Mère, bienheureuse aujourd'hui, et chérie
entre toutes! que nos cœurs et nos yeux cherchent
partout sans vous trouver, que nos larmes sont
brûlantes depuis votre départ! — Mais non! vous
nous avez laissé Jésus-Hostie comme dernier mé-
morial de votre vie terrestre; c'est auprès de Lui
que nous allons chercher la force et le courage
pour lutter dans l'arène nouvelle qui nous est ou-
verte; c'est en Lui que nous trouverons votre face
radieuse des splendeurs d'une éternelle gloire.
Priez, ô priez-le pour nous, afin que son esprit et
le vôtre règnent parmi nous, que nous regardions,
d'un œil ferme, le but que nous nous sommes pro-
posé en quittant le siècle; que nous sachions souffrir et vaincre, selon les desseins du Seigneur sur
nous! Bientôt, nous vous suivrons dans la patrie
où l'on ne répand plus de larmes.

Les obsèques eurent un retentissement doulou-
reux dans toute la ville, affligée comme nous;
famille, amis et connaissances nous prodiguèrent
les expressions de condoléance et de sympathie.

Un dernier vœu, exprimé quelques jours avant
sa mort, va avoir son accomplissement : « Si vous

saviez, avait-elle dit à une de ses filles qui la r
menait de la sainte communion, si vous saviez
quoi j'ai pensé aujourd'hui, devant le Maître !
me suis dit : Si ta bière pouvait être posée là, so
le maître autel, que tu reposerais bien jusqu'
jour du réveil ! Mais je n'en suis pas digne! »
Paroles prophétiques ! Nous ne comprenons p
nous-mêmes par quel enchaînement subit de ci
constances et d'admirable dévoûment de nos ami
qui la vénéraient et la chérissaient, toutes les dif
cultés se sont si bien aplanies. Le corps de not
bien chère Mère fut embaumé, renfermé dans u
chàsse de plomb et déposé provisoirement dans
terrain réservé à Loyasse. En attendant, une pé
tion en règle fut expédiée à Versailles et présent
au ministre de l'Intérieur par un membre
l'Assemblée. Celui-ci, vu toutes les garanties
salubrité publique, nous permit, exceptionnell
ment, de ramener parmi nous, dans les cavea
intérieurs assez spacieux de notre chapelle, les d
pouilles mortelles de celle que nous aimons. No
venons de recevoir la réponse du ministre; elle e
favorable et nos cœurs en ont tressailli. Une peti
crypte particulière va être construite à l'endr
même qu'elle avait indiqué. C'est là que ses e
fants reconnaissantes iront la trouver encore po
lui dire : « La mort qui brise les liens les pl
chers a resserré les nôtres. Soyons unies jusqu'
jour de l'éternel réveil